ICE

VEILLE DE NOËL
AU 87e DISTRICT

Du même auteur
Chez le même éditeur

Lightning
Huit Chevaux noirs
Manhattan Blues
Quatre Petits Monstres
Downtown
Isola Blues
Vêpres rouges
Les Veuves
Kiss
Poissons d'avril
Romance
Nocturne
La Cité sans sommeil
La Dernière Danse

VEILLE DE NOËL AU 87e DISTRICT

ED McBAIN

Traduction de Jacques Martinache
Illustrations de Victor Juhas

PRESSES DE LA CITÉ

Titre original : *And all through the house*

ISBN 2-258-05552-0
Dépôt légal : octobre 2000

A mes petits-enfants
Dean et Susan Hunter-Cutrona

Steve Carella était seul dans la salle des inspecteurs, tranquille et silencieuse pour un soir de Noël.

Normalement, c'était la pagaille dès la fermeture des boutiques mais, ce jour-là, un calme inhabituel régnait dans la salle des inspecteurs comme dans tout le poste de police. Pas de sonneries de téléphone, pas de crépitement de machine à écrire, pas d'agent de patrouille montant voir s'il y avait du café chaud au secrétariat, au bout du couloir. Rien que Carella, assis à son bureau, relisant le rapport qu'il venait de taper, y cherchant des fautes de frappe. Il avait écrit « vol à main aimée » au lieu de « vol à main armée ». Avec son stylo, il transforma le *i* en *r*, donnant au crime sa véritable appellation. Vol à main armée. Dans un petit magasin de vins et spiritueux de Culver Avenue. Le type était entré avec un 357 Magnum et un sac à pommes de terre vide. Le commerçant avait appuyé sur le bouton d'un système d'alarme silencieux, et les

deux flics de la voiture de ronde Boy Un avaient serré le braqueur au moment où il sortait du magasin.

Carella sépara les feuilles de papier carbone des copies en trois exemplaires : la blanche dans la corbeille du dessus, la rose dans la corbeille destinée à Miscolo, au secrétariat, la jaune pour le lieutenant. Il leva les yeux vers la pendule. Dix heures et demie. L'équipe de nuit prendrait la relève à minuit moins le quart, peut-être un peu plus tôt puisque c'était le soir du réveillon.

Bon sang, ce que c'était calme.

Il se leva de son bureau, se dirigea vers la rangée de hauts classeurs métalliques qui séparaient le reste de la salle d'un petit lavabo situé en face de la cellule de détention. Un soir aussi calme, on risquait de s'endormir au boulot. Il ouvrit le robinet, remplit d'eau ses mains en coupe et s'aspergea le visage. Carella était grand et le miroir, au-dessus du lavabo, un peu trop bas pour que toute sa taille trouve à s'y loger. Il lui manquait le haut de la tête. Le bord du miroir le coupait juste au-dessus des yeux, un rien plus sombres que ses cheveux châtains, et légèrement bridés, ce qui lui donnait un vague air extrême-oriental. Il se sécha la figure et les mains avec une serviette en papier qu'il jeta à la poubelle, sous le lavabo, puis il bâilla et consulta de nouveau la pendule, ne s'étonnant pas que deux minutes seulement se soient écoulées depuis la dernière fois qu'il y avait jeté un coup d'œil. Les nuits silencieuses vous mettaient à cran ; il préférait de loin celles où ça pétait de partout.

Il alla à la fenêtre, à l'autre bout de la salle, et regarda la rue. C'était aussi paisible en bas qu'ici, au premier étage. Peu de voitures, quelques rares passants. Bien sûr, les gens étaient tous déjà chez eux et finissaient de préparer leur arbre de Noël. La météo avait annoncé de la neige mais il n'était pas encore tombé un seul flocon. Carella se détournait de la fenêtre quand le chambard éclata.

La première chose qu'il vit, ce fut le sang coulant sur le visage de Cotton Hawes. Hawes poussait deux Blancs vers le portillon de la barrière en lattes de bois séparant la salle du couloir. Ils étaient liés l'un à l'autre par une paire de menottes, poignet gauche contre poignet droit, et le premier se plaignait que Hawes avait trop serré.

– Je vais t'en donner, du serré, grogna Hawes, qui les poussa de nouveau. Le deuxième bascula dans la salle, quasiment la tête la première,

entraînant l'autre avec lui. Ils étaient tous deux beaucoup plus petits que Hawes, qui les dominait de sa taille telle une furie à crinière rousse, sa colère comme soulignée par une bande de cheveux blancs courant au-dessus de la tempe droite, là où un cambrioleur lui avait entaillé le cuir chevelu d'un coup de couteau et où les cheveux avaient repoussé blancs. Blanc à présent rougi par le sang coulant d'une estafilade au front. Le fait que ses deux prisonniers saignaient eux aussi ne semblait pas le consoler.

– Qu'est-ce qui s'est passé ? demanda Carella.

Il traversait déjà la salle comme si on avait lancé un appel à renforts, bien que Hawes parût avoir la situation en main et qu'il se trouvât après tout dans un poste de police, pas dans une rue de la Grande Méchante Ville. Les deux hommes qu'il avait amenés inspectaient les lieux comme s'ils n'arrivaient pas à décider si c'était vraiment là qu'ils avaient envie de passer le réveillon de Noël. La cellule de détention nichée dans un coin ne leur paraissait pas terriblement accueillante. L'un d'eux ne cessait de regarder par-dessus son épaule pour voir si Hawes ne s'apprêtait pas à les pousser de nouveau. L'inspecteur semblait sur le point de les étrangler tous les deux.

– Assis ! leur cria-t-il.

Il alla au lavabo s'examiner dans le miroir, prit une serviette en papier dans le distributeur, la mouilla et tamponna sa blessure, qui continuait à saigner.

– Je ferais mieux d'appeler une ambulance, dit Carella.

– J'en ai pas besoin, répondit Hawes.

– Nous, si, risqua un des deux hommes.

Il saignait d'une entaille à la joue gauche. Celui à qui les menottes le reliaient saignait d'une estafilade juste en dessous du menton. Il y avait aussi du sang sur sa cage thoracique, là où sa chemise était déchirée.

Hawes tourna brusquement la tête pour demander à Carella :

– Qu'est-ce que j'ai fait du sac ? Tu m'as vu entrer avec un sac ?

– Non.

– J'ai dû le laisser en bas, à l'accueil, supposa Hawes. (Il alla au téléphone, décrocha, appuya sur trois touches.) Dave, c'est Cotton. J'ai pas laissé un sac en plastique en bas ? (Il écouta.) Tu peux me le faire monter par un agent, s'il te plaît ? Merci beaucoup. (Il reposa le combiné sur son socle.) Après tout le mal que je me suis donné pour faire un crâne, je tiens pas à paumer les preuves.

– Vous en avez pas, de preuves, marmonna l'homme qui saignait de la joue.

– Je croyais t'avoir dit de la fermer, répliqua Hawes, marchant sur lui. C'est quoi, ton nom ?

– Si je dois la fermer, comment je peux vous donner mon nom ? raisonna l'homme.

– Ça te plairait de me le donner la bouche pleine de dents cassées ? rétorqua Hawes.

Carella ne l'avait jamais vu aussi furieux. Le sang

continuait à couler sur son visage, comme pour justifier sa colère.

– Ton nom, bon Dieu ! beugla-t-il.

– J'appelle une ambulance, décida Carella.

– Pas trop tôt, fit l'homme qui saignait du menton.

– C'est pour qui, le sac ? s'enquit un policier en uniforme de l'autre côté de la barrière.

– Pose-le sur mon bureau, répondit Hawes. C'est quoi, ton nom ?

– Henry, répondit le flic.

– Pas toi.

– C'est lequel, votre bureau ?

– Celui-là, dit Hawes avec un geste vague.

Le policier franchit le portillon, posa le sac en plastique sur le bureau que, présumait-il, l'inspecteur lui avait indiqué. Orné d'une couronne verte et d'une cocarde rouge, le sac provenait d'un des grands magasins de la ville. Carella, déjà au téléphone, remarqua ce détail en composant le numéro de l'hôpital.

– Ton nom, demanda Hawes pour la troisième fois au type saignant de la joue.

– Je dis rien avant que vous m'ayez donné connaissance de mes droits.

– Moi, c'est Jimmy, déclara l'autre.

– Jimmy comment ?

– T'es con, faut rien lui dire avant qu'il t'informe de tes droits, recommanda le premier.

– Tu la fermes, lui intima Hawes. Jimmy comment ?

– Knowles. James Nelson Knowles.

– Trop tard, maintenant, c'est fait, dit l'homme qui saignait de la joue.

– Ça change rien qu'il ait mon nom ou pas, argua Knowles.

– Tu vas garder l'anonymat toute la nuit ? s'impatienta Hawes en regardant l'autre.

– Je vous dis qu'on a trois types qui saignent, argumentait Carella au téléphone.

– J'ai pas besoin d'ambulance, répéta son collègue.

– Ben, faites aussi vite que vous pourrez, d'accord ? fit Carella avant de raccrocher. Ils sont débordés, ils seront pas ici avant un bout de temps. Où est la trousse de secours ? (Il se dirigea vers les classeurs.) On a une trousse de secours, non ?

– Si ma blessure s'infecte, je fais un procès à la municipalité, menaça le prisonnier anonyme. Si je claque dans un poste de police, vous le paierez cher, vous pouvez me croire.

– Quel nom il faudra mettre sur le certificat de décès ? plaisanta Hawes.

– Qui a rangé ça dans le tiroir des Personnes Disparues ? s'interrogea Carella.

– Allez, dis-lui ton nom, quoi, plaida Knowles.

– Thomas Carmody, répondit l'autre, s'adressant à Knowles, comme s'il refusait de s'abaisser à discuter avec un flic.

Carella tendit la trousse de secours à Hawes.

– Mets un pansement, tu as du sang partout.

– Et les citoyens ? s'insurgea Carmody, qui prit Knowles à témoin. T'as vu ça ? Ils s'occupent toujours de leurs copains en premier.

– Debout, ordonna Carella.

– En avant pour la matraque, grommela Carmody.

Hawes retourna au lavabo avec la trousse de secours ; Carella conduisit Carmody et Knowles devant la cellule de détention. Il ouvrit les deux verrous de la grille, ôta les menottes aux prisonniers et leur enjoignit : « Entrez, les gars. » Les deux hommes s'avancèrent dans la cage ; Carella referma la grille et la verrouilla de nouveau. Carmody et Knowles inspectèrent la cellule comme pour décider s'ils la trouvaient ou non à leur goût. Il n'y avait aucun endroit où s'asseoir. Ils en firent le tour en déchiffrant les graffitis gravés sur les murs. Carella rejoignit Hawes, qui tamponnait sa blessure avec un coton.

– Tu devrais mettre de l'eau oxygénée. Qu'est-ce qui s'est passé ?

– Où est le sac ? demanda Hawes.

– Sur le bureau, là-bas. Qu'est-ce qui s'est passé ?

– J'enquêtais sur un 10-20 au coin de Culver et de la 12e, un poste de télé piqué dans un appartement, le gars l'avait rangé dans un placard, encore emballé, il voulait l'offrir à sa femme pour Noël, tu vois ? Ils prenaient un verre dans l'appart d'à côté, avec leurs amis. Le cambrioleur a dû passer par la

fenêtre de l'escalier d'incendie. En tout cas, plus de télé. Je prends note de leur déclaration – aucune chance de le revoir, leur poste –, je redescends, je me dirige vers la voiture quand j'entends des cris dans la rue, plus haut. Je vais voir ce qui se passe et je tombe sur ces deux mecs qui se disputent le sac.

– C'est de ta faute, reprocha Carmody à Knowles.

– C'est toi qui as commencé, répartit Knowles.

– De toute façon, il est pas à nous, ce sac, affirma Carmody.

– Je me dis, juste deux types qui ont trop bu, reprit Hawes en collant un sparadrap sur l'entaille, je m'approche pour leur conseiller de se calmer, de rentrer cuver chez eux, c'est le réveillon, d'accord ? Mais d'un seul coup, l'un des deux sort un couteau.

– Pas moi, dit Carmody.

– Pas moi non plus, dit Knowles.

– Je sais pas qui a commencé le charcutage mais ça se met à saigner. Et puis le couteau change de main, et celui qui saigne se jette sur l'autre, et je me retrouve au milieu, et je suis blessé, moi aussi. Ce que j'avais pris pour…

– Quel couteau ? dit Carmody. Il rêve.

– Ouais, quel couteau ? dit Knowles.

– Celui que tu as balancé dans la bouche d'égout au coin de Culver et de la 11e, et que des policiers sont en train de chercher dans la gadoue en ce moment. J'avais besoin de ça, un soir de réveillon, maugréa Hawes en examinant le sparadrap sur son front. J'avais vraiment besoin de ça.

Carella retourna à la cellule de détention, ouvrit la grille, tendit la trousse de secours à Carmody.

– Tiens, soigne-toi.

– J'attends l'ambulance. Je veux des vrais soins médicaux.

– Comme tu voudras. Et toi ?

– S'il attend l'ambulance, j'attends l'ambulance aussi, déclara Knowles.

Carella referma la grille, revint près de son collègue, qui enlevait le sang de ses cheveux avec une serviette mouillée.

– Pourquoi ils se disputaient ?

– Personne se disputait, dit Carmody.

– On est copains, dit Knowles.

– Pour le contenu du sac, expliqua Hawes.

– J'ai jamais vu ce sac de ma vie, prétendit Carmody.

– Moi non plus, prétendit Knowles.

– Qu'est-ce qu'il y a dedans ? voulut savoir Carella.

– A ton avis ? fit Hawes.

– De l'encens, dit Carmody.

– De la myrrhe, dit Knowles.

Tous deux pouffèrent.

– Mon œil, riposta Hawes. Y a assez d'herbe dans ce sac pour faire planer toute la ville le premier de l'an.

– Allez, on y va, fit une voix de l'autre côté de la barrière.

Les deux inspecteurs se retournèrent pour voir Meyer Meyer entraîner un jeune garçon vers le portillon. L'adolescent, âgé de quatorze ou quinze ans, tenait au bout d'une longe un mouton à la laine sale et emmêlée. Les cheveux du garçon étaient eux aussi sales et emmêlés.

La calvitie de Meyer, qui portait un épais manteau et pas de chapeau, semblait, en comparaison, d'une élégance immaculée.

– J'ai trouvé un berger, annonça-t-il, les yeux pétillants, les joues rougies par le froid. Il commence à neiger, dehors.

– Je suis pas berger, protesta le garçon.

– Non, voleur, plutôt, dit Meyer, qui ôta son pardessus et l'accrocha au portemanteau, à gauche de la barrière. Assieds-toi là-bas. Offre un siège aussi à ton mouton.

– Les moutons, ça trimballe toutes sortes de maladies, prévint Carmody depuis la cellule de détention.

– On t'a sonné ? lui renvoya Meyer.

– Si j'attrape un truc à cause de cette bête, je fais un procès à la ville, avertit Carmody.

En réponse, le mouton chia par terre.

– Merveilleux, soupira Meyer. T'aurais pas pu voler quelque chose de propre, comme un serpent ?

– Ma sœur voulait un mouton pour Noël, se justifia l'ado.

– Il a piqué un mouton à la ferme du zoo, vous vous rendez compte ? dit Meyer à ses collègues. Tu sais ce que tu risques, pour avoir volé un mouton ? On les met en prison pour vingt ans, ceux qui ont volé un mouton.

– *Cinquante* ans, renchérit Hawes.

Le gosse haussa les épaules.

– Ma sœur voulait un mouton.

– C'est une vraie petite bergère, sa sœur. Hé, Cotton, qu'est-ce que tu t'es fait au front ?

– Je suis tombé sur un gros réseau de trafiquants de dope, répondit Hawes.

– C'est pas notre dope qu'y a dans le sac, dit Carmody.

– C'est même pas notre sac, dit Knowles.

– On l'aura quand, notre avocat ? demanda Carmody.

– Ta gueule, lui signifia Hawes.

– Petit, leur dis rien avant qu'ils t'aient informé de tes droits, recommanda Carmody au jeune garçon.

– Qui va nettoyer les crottes de mouton ? demanda Carella.

– Quelqu'un veut du café ? proposa Miscolo de l'autre côté de la barrière. J'en ai du frais au secrétariat.

Il portait un sweat-shirt bleu sur sa chemise réglementaire et souriait. Jusqu'à ce qu'il découvre le mouton.

– C'est quoi, ça ? s'exclama-t-il, écarquillant les yeux. Une chèvre ?

– C'est Rudolph, le renne du Père Noël, répondit Carmody.

– Vous rigolez, c'est pas un renne ?

– Non, un raton laveur, dit Knowles.

– C'est le cadeau de ma petite sœur, dit le garçon.

– Je suis à peu près sûr que c'est contraire au règlement, une chèvre dans la salle des inspecteurs. Qui veut du café ? proposa de nouveau Miscolo.

– C'est pas de refus, répondit Carmody.

– Je te le conseille pas, intervint Meyer.

– Même le soir du réveillon, il faut que je me fasse vanner sur mon café, fit Miscolo, secouant la tête. Bon, si vous en voulez, c'est au bout du couloir.

– J'en veux, moi, je vous l'ai dit, rappela Carmody.

– T'es pas encore en taule, dit Miscolo. C'est pas la soupe populaire, ici.

– C'est le soir du réveillon, et ils te donnent même pas une tasse de café, gémit Carmody.

– Feriez mieux de la faire sortir, cette bête, dit Miscolo à la cantonade avant de repartir pour le secrétariat.

– Pourquoi vous me laissez pas apporter le mouton à ma sœur ? demanda l'adolescent.

– Parce que c'est pas ton mouton, répondit Meyer. Il appartient au zoo.

– Le zoo, il appartient à tout le monde, argua le garçon.

– Qu'est-ce que j'entends ? fit la voix de Bert Kling de l'autre côté de la barrière. Après vous, cher monsieur.

Ses cheveux blonds étaient humides de neige fondue. Il portait d'une main une énorme valise et pressait de l'autre l'épaule d'un grand Noir aux poignets retenus dans le dos par des menottes. Le Noir était vêtu d'une grosse veste de laine à carreaux, au col humide, et des flocons de neige luisaient encore dans ses cheveux crépus. Kling regarda le mouton.

– Miscolo vient de me dire que c'était une chèvre.

– Miscolo est un gars de la ville, fit valoir Carella.

– Moi aussi, mais je sais reconnaître un mouton d'une chèvre. Qui a fait par terre ?

– Le mouton, répondit Meyer.

– Le cadeau de ma sœur, répondit l'adolescent.

Kling posa la lourde valise et conduisit le Noir à la cage.

O.-K., reculez, lança-t-il à Carmody et Knowles.

Il attendit qu'ils s'éloignent de la porte puis l'ouvrit, ôta les menottes de son prisonnier et le poussa à l'intérieur.

– Fais comme chez toi… (Il referma la porte.) Qu'est-ce qu'il neige, une vraie tempête, soupira-t-il en allant au portemanteau. Y a du café ?

– Au secrétariat, dit Carella.

– Je parlais de *vrai* café, précisa Kling en enlevant son manteau.

– Qu'est-ce qu'il y a dans la valise ? s'enquit Hawes. On dirait une malle tellement elle est grande.

– De l'or et de l'argent. Mon copain de la cage a *dévalisé* un prêteur sur gages du Stem. Le proprio va fermer, le mec entre avec un fusil de chasse à canons sciés, il veut toute la boutique. J'ai une guitare, en bas, dans la voiture. Tu joues de la guitare ? demanda-t-il au Noir.

Le Noir ne répondit pas.

– Y a assez de bijoux dans cette valise pour faire le bonheur de la reine d'Angleterre, ajouta Kling.

Question de Meyer :

– Où il est, le fusil ?

– Dans la voiture aussi. J'ai que deux bras, fit valoir Kling, qui se tourna vers Hawes. Qu'est-ce qu'il lui est arrivé, à ta tête ?

– J'en ai marre d'expliquer aux gens ce qui est arrivé à ma tête.

– C'est pour quand, l'ambulance ? demanda Carmody. Je me vide de mon sang, moi.

– Alors utilise la trousse de secours, répondit Carella.

– Pour foutre en l'air mon procès contre la municipalité ? Pas question.

Hawes alla à la fenêtre.

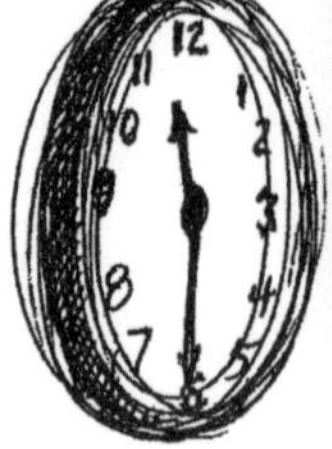

– Ça tombe drôlement, fit-il observer.

– Tu penses que la relève aura du mal à venir ? s'inquiéta Meyer.

– Peut-être. Y en a bien déjà sept, huit centimètres, on dirait.

Hawes se retourna et leva les yeux vers la pendule.

Meyer aussi.

D'un seul coup, tout le monde regardait la pendule.

Les inspecteurs craignaient que la neige ne retarde l'équipe de nuit et ne les fasse rentrer chez eux plus tard. Leurs prisonniers craignaient que la neige ne retarde d'une façon ou d'une autre la marche de la justice. Le jeune garçon assis au bureau de Meyer pensait qu'il ne restait plus qu'une demi-heure avant Noël et que sa sœur n'aurait pas le mouton qu'elle avait demandé. La salle était presque aussi silencieuse que lorsque Carella s'y était trouvé seul.

Andy Parker arriva alors avec deux personnes appréhendées.

– Avancez, dit-il en ouvrant le portillon.

Sous le blouson de cuir noir qui lui donnait l'air d'un motard, il portait une chemise en laine écossaise et un cache-nez rouge. Son bonnet de laine bleue était couvert de neige. Même sa barbe de trois jours

retenait des flocons. Les personnes qu'il avait amenées au poste avaient le visage livide de froid et de peur.

Vêtu d'un costume noir chiffonné, le jeune homme se tenait devant le portillon, l'air hésitant. Sous sa veste, il portait une chemise au col déboutonné, pas de cravate. Carella lui donna une vingtaine d'années. La jeune femme – la jeune fille, plus exactement – qui l'accompagnait ne pouvait avoir plus de seize ans. Son léger manteau de printemps était ouvert sur ce que la mère de Carella appelait une robe d'intérieur, en coton imprimé avec des boutons. Ses longs cheveux noirs étaient saupoudrés de neige. Les yeux écarquillés, elle tremblait près de la barrière, l'air terrifiée.

Elle avait aussi l'air terriblement enceinte.

Sous le regard de Carella, elle s'étreignit le ventre et grimaça de douleur. Il prit soudain conscience qu'elle était déjà en travail.

– *Avancez,* j'ai dit, grommela Parker, qui passa devant le couple pour aller au portemanteau. (Il enleva son blouson et son bonnet.) C'est quoi, ça, un mouton ?

– C'est le cadeau de ma sœur, répondit l'adolescent bien que Parker ne se fût pas adressé à lui.

– Elle en a de la chance, ironisa l'inspecteur.

Il n'y avait qu'une chaise devant son bureau. Le jeune homme en costume noir mouillé l'approcha de la jeune femme, qui s'assit. Il resta près d'elle tandis que Parker s'installait derrière son bureau et glissait une liasse de formulaires de rapport dans sa machine à écrire.

– J'espère que vous avez tous des chaînes pour vos caisses, dit-il avant de se tourner vers la jeune femme. Comment tu t'appelles ?

– Maria Garcia Lopez, répondit-elle, grimaçant de nouveau.

– Elle accouche, dit Carella, qui se dirigea vers le téléphone.

– T'es docteur, maintenant ? grogna Parker, et il reporta son attention sur la fille. T'as quel âge, Maria ?

– Seize ans.

– Tu vis où ?

– C'est ça lé problème, intervint le jeune homme.

– On t'a demandé quelque chose, à toi ?

– Vous ssavez démandé à Maria…

– Hé, t'as pas compris ? Quand je parle à cette fille, j'ai pas besoin…

– Vous voulez savoir où c'est que nous vivons…

– Je veux une adresse pour cette fille, voilà ce…

– Vous voulez l'adresse où c'est qu'on est *censés* vivre ?

– D'accord, c'est quoi, ton nom, petit malin ?

– José Lopez.

– Le célèbre torero ?

Espérant un rire, Parker se tourna vers Carella, qui disait au téléphone :

– Je sais que je vous ai déjà appelé, mais on a une femme enceinte, maintenant. Vous pouvez nous envoyer une ambulance de toute urgence ?

– Je suis pas torero, dit José à Parker.

– T'es quoi, alors ?

– A Puerto Rico, je coupe la canne mais maintenant j'ai pas dé travail. C'est pour ça que ma femme

et moi, on est vénous ici dans cette ville, pour trouver du travail. Avant que lé bébé il arrive.

– Qu'est-ce que vous foutiez dans cet immeuble ? demanda Parker, qui se tourna à nouveau vers Carella. Je les ai trouvés dans un immeuble abandonné de la 6e Sud, devant un feu qu'ils avaient allumé.

Carella venait de raccrocher.

– Ça roule plus du tout, dehors, annonça-t-il. Ils ne savent pas quand l'ambulance arrivera.

– Tu sais que c'est interdit de s'installer dans un bâtiment appartenant à la ville, José ? reprit Parker. Ça s'appelle squatter, tu sais ce que c'est, squatter ? Tu sais aussi que c'est interdit d'allumer un feu dans un immeuble ?

– On avait froid, expliqua le Portoricain.

– Ah, ils avaient froid, les pauvres petits.

– Sois pas trop dur, intervint Carella. C'est Noël.

– Et alors ? répliqua Parker. Ça veut dire qu'on a le droit d'enfreindre la loi ?

– La fille est en train d'accoucher. Elle peut avoir son bébé d'un moment à l'autre.

Parker fixa un moment son collègue en silence puis reporta son attention sur José.

– Bon, t'es venu de Porto Rico pour trouver du boulot...

– *Sí señor.*

– Me coupe pas la parole. T'es venu ici chercher du boulot. Tu crois que les boulots poussent sur les arbres, dans cette ville ?

– Mon cousin, il dit qu'il a un boulot pour moi. A l'usine où c'est qu'il travaille, il dit qu'il y a un boulot. Il dit faut qu'on vienne.

– Le cousin, maintenant, marmonna Parker à l'intention de Hawes, espérant qu'il ferait un public plus réceptif que Carella. Comment il s'appelle ton cousin, José ?

– Cirilo Lopez.

– Encore un torero ?

Parker adressa un clin d'œil à Hawes, qui ne réagit pas.

– Pourquoi vous lui foutez pas la paix ? lança Carmody.

Parker pivota sur son fauteuil pour faire face à la cage.

– Qui c'est qui a dit ça ? (Il posa les yeux sur le Noir.) C'est toi qui as dit ça ?

Le Noir ne répondit pas.

– C'est moi, avoua Carmody.

– Pour quoi t'es au trou ?

– Pour possession de myrrhe et d'encens, s'esclaffa Carmody.

Knowles éclata de rire aussi ; le Noir n'esquissa même pas un sourire.

– Et toi ? lui demanda Parker.

– Il est à moi, dit Kling. La grosse valise, là-bas, est pleine d'articles chauds.

– Belle équipe, fit Parker avec un reniflement de mépris. (Il ramena son fauteuil face au bureau.) Bon, j'attends toujours une adresse pour vous deux. Une adresse *légale*.

– On doit rester chez mon cousin, expliqua José. Il dit qu'il a une sambre pour nous.

– Où ça ?

– 1124 Mason Avenue, appartement 32.

– Mais y a pas de chambre pour nous, dit Maria. Cirilo, il…

Elle s'interrompit, retint sa respiration, le visage tordu de douleur. José lui prit la main, elle leva les yeux vers lui.

– La dame qu'elle vit à côté, elle nous dit que Cirilo est parti, dit José à Parker.

– Quand est-ce que vous avez eu des nouvelles de lui pour la dernière fois ?

– Il y a un mois.

– Vous avez même pas pensé à vérifier ? Vous venez de Porto Rico sans vérifier si votre cousin est toujours là ou pas ? Drôlement intelligent. T'entends ça, Bert ? Des touristes de luxe qu'on a là. Ils viennent au mois de décembre avec leurs fringues d'été, ils finissent dans un immeuble abandonné...

– Ils pensaient que le cousin était encore là, c'est tout, dit Kling, observant la jeune femme dont les doigts étaient maintenant largement écartés sur le ventre.

– Bon, c'est quoi, l'urgence ? fit quelqu'un de l'autre côté de la barrière.

L'homme qui se tenait devant le portillon avait une mallette noire à la main et portait un gros manteau noir sur une blouse et un pantalon blancs. Aussi blancs que la neige parsemant sa tête nue et les épaules de son manteau.

– Mercy General, à votre service. Désolé d'être en retard, on a une soirée plutôt chargée. Sans parler des cinquante centimètres de neige. Qu'est-ce qui se passe ? C'est pour qui ?

– Vous feriez bien de jeter un coup d'œil à la jeune femme, dit Carella. Elle est…

– Ici, appela Carmody de la cage. C'est pour moi.

– Pour moi aussi, dit Knowles.

– Quelqu'un peut les faire sortir ? sollicita l'interne. Un à la fois, s'il vous plaît.

Hawes s'approcha de la cellule, déverrouilla la porte.

– Qui en premier ? demanda l'interne.

Carella revint à la charge :

– La jeune femme, là-bas, est sur le point d'...

– Enfin libre ! s'exclama Carmody en sortant de la cellule.

– Te gêne pas pour crier, surtout, lui dit Hawes, qui referma la porte.

L'interne passait devant le bureau de Parker quand Maria hoqueta soudain.

– Ça va, mademoiselle ?

Elle se prit le ventre à deux mains.

– Mademoiselle ?

Maria hoqueta de nouveau, aspira une goulée d'air.

Meyer leva les yeux au plafond. Miscolo et lui avaient aidé une femme à accoucher dans cette même salle il y avait quelques semaines, et il se félicitait de la présence d'un médecin.

– Cette femme est en travail ! s'écria l'interne.

– Et la lumière fut, soupira Carella.

– Le bébé il arrive ? demanda José.

– On dirait bien, répondit l'interne. Vous avez des couvertures, ou quelque chose comme ça ?

Kling sortait déjà de la salle. L'interne chercha à rassurer Maria :

– Ne vous inquiétez pas, mademoiselle, tout va très bien se passer. (Il regarda Meyer.) C'est mon premier bébé.

Formidable, pensa Meyer, mais il ne dit rien.

– Vous avez besoin d'eau chaude ? s'enquit Hawes.

– C'est bon au cinéma, ça, répondit l'interne.

– Allez chercher de l'eau chaude, dit Carmody.

– Je n'en ai pas besoin. Il me faut simplement un endroit où l'étendre. (L'interne réfléchit un moment.) Peut-être aussi de l'eau chaude, finalement.

Hawes sortit en courant, faillit télescoper Kling, qui revenait avec deux couvertures qu'il avait trouvées au secrétariat.

Miscolo le suivait de près.

– Un autre accouchement au 87ᵉ ? demanda-t-il à Meyer d'une voix pleine d'espoir.

– Cette fois, on a un pro pour s'en occuper.

– Si vous avez besoin d'aide, vous le dites, hein ? proposa Miscolo au médecin.

– Je crois pouvoir m'en passer, répondit l'interne – d'un ton un peu hautain, jugea Miscolo. Etendez les couvertures par terre. Ça va, mademoiselle ? demanda-t-il, l'air soudain nerveux.

Maria hocha la tête, retint un cri. Kling déplia l'une des couvertures à gauche de la cellule, près du radiateur asthmatique. Knowles et le Noir se rapprochèrent.

– Non, qu'elle ait au moins un peu d'intimité, intervint Carella. Ici, Bert. Derrière les classeurs.

Kling étendit la couverture derrière les meubles métalliques.

– Elle va avoir son bébé, là, par terre, dit Knowles.

Le Noir ne dit rien.

– J'ai jamais vu une chose pareille de ma vie, ajouta Knowles en secouant la tête.

Le Noir continua à garder le silence.

– Maria ? fit José.

La jeune femme lui adressa un signe de tête puis poussa un cri.

– Essayez de pas trop gueuler, quand même, dit Parker, qui semblait aussi nerveux que l'interne.

– Venez avec moi, mademoiselle, dit l'interne.

Il aida Maria à se lever, la prit par le bras, la guida

vers l'endroit où Kling avait étendu la couverture.

– Doucement. Tout se passera bien.

Hawes était de retour avec une bouilloire d'eau chaude.

– Où vous voulez… ? commença-t-il au moment où la jeune femme et le médecin disparaissaient derrière les classeurs.

Il était minuit moins trois, trois minutes avant Noël.

On n'entendait que la respiration haletante de Maria et les paroles réconfortantes de l'interne, qui assurait que tout allait bien se passer. L'adolescent gardait les yeux rivés sur la pendule qui égrenait dans la salle les dernières minutes avant Noël. Derrière les classeurs, une fille de seize ans et un jeune interne sans expérience se battaient pour mettre une vie au monde.

Un cri aigu s'éleva soudain.

Les aiguilles de la pendule étaient à la verticale.

Noël.

– Ça va ? demanda Parker, avec dans la voix quelque chose qui ressemblait à de la sollicitude.

– Un beau garçon, annonça l'interne, comme s'il répétait une réplique qu'il avait entendue dans un film. Où est l'eau chaude ? Donnez-moi des serviettes. Vous avez un beau garçon en parfaite santé, mademoiselle, dit-il en étendant l'autre couverture sur la jeune femme.

Hawes s'approcha avec la bouilloire ; Carella apporta des serviettes en papier.

– Je vais juste le laver un peu, expliqua l'interne à Maria.

– Vous avez un beau garçon, dit Meyer à José en souriant.

Le Portoricain hocha la tête.

– Comment vous allez l'appeler ? demanda Kling.

Le Noir, silencieux depuis son arrivée, récita soudain d'une voix grave et sonore :

– « Une vierge concevra et portera un fils, et son nom sera Emmanuel. »

– Amen, dit Knowles.

Les inspecteurs, à présent regroupés devant la rangée de classeurs, tournaient le dos à Carmody, qui aurait pu en profiter. Au lieu de filer, il prit le sac de marijuana pour lequel Knowles et lui avaient été arrêtés, ainsi que la valise contenant le butin que Kling avait récupéré en cravatant le Noir.

Il les porta à l'endroit où Maria était allongée, le bébé sur la poitrine, et, s'agenouillant, plongea une main dans le sac, prit une poignée d'herbe et la

répandit sur la couverture. Puis il ouvrit la valise, qui contenait des alliances en or et des assiettes en argent, des bracelets et des colliers, des rubis et des diamants,

des saphirs scintillant dans la lumière pâle, reflétée par la neige, qui entrait par les fenêtres.

– *Gracias,* murmura Maria. *Muchas gracias.*

Carella, qui était le plus près des fenêtres, leva les yeux vers le ciel, où la neige continuait à tournoyer furieusement.

– C'est pas mal, comme prénom, Emmanuel, dit Meyer à José.

– Il s'appellera Carlos, répondit le Portoricain. Comme mon père.

Carella cessa de regarder par la fenêtre et se retourna.

– Qu'est-ce que tu t'attendais à voir ? le railla Parker. Une étoile à l'orient ?

Achevé d'imprimer par Milanostampa
en septembre 2000
n° d'édition: 6832